불편에게로

불편에게로

초판1쇄 2026년 1월 2일
지은이 권선애
펴낸이 김영재
펴낸곳 책만드는집

—

주소 서울 마포구 양화로3길 99, 4층 (04022)
전화 02-3142-1585 · 6
팩스 336-8908
전자우편 chaekjip@naver.com
출판등록 1994년 1월 13일 제10-927호
ⓒ 권선애, 2026

—

* 이 책의 판권은 저작권자와 책만드는집에 있습니다.
  이 책 내용의 전부 또는 일부를 재사용하려면 양측의 동의를 받아야 합니다.
* 이 책은 '2025년 서울문화재단 첫 책 발간지원'에 선정되어 발간되었습니다.

—

ISBN 978-89-7944-916-7 (04810)
ISBN 978-89-7944-354-7 (세트)

책 만 드 는 집
시인선 274

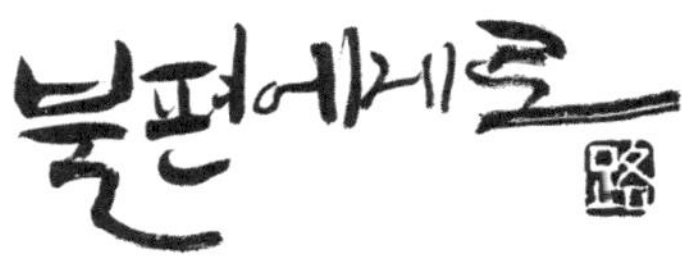

불편에게로

권선애 시조집

책만드는집

무거운 나를 하나씩 꺼내놓는 시간
오늘은 조금 가벼워졌다

불편해졌으므로

2026년 1월
권선애

2부   표정은 아무도 모르게 비린 맛을 완성한다

1부

낯선 대로
익숙한 대로

크레바스

웃음의 하류에서 등 먼저 보이는 건
조금씩 이동하는 엇박자의 눈빛 때문

서서히 돌아선 말들
저 혼자 깊어진다

표정 없는 빙하처럼 차갑게 굳은 사이
너와 나는 언제부터 금이 가고 있는지

침묵이 벼랑인 것을
까마득히 몰랐다

빈틈에 빠져들어 끊어지는 인연의 끈
처음의 그 자리는 발밑이 위태로워

가까이 다가갈수록
점점 더 멀어진다

슬개골의 자세

단단한 무릎 믿고 맞서다가 금이 가면

비굴을 앞에 두고 꿇어본 적 있었다

걸음은 바닥에 깔려 온종일 비가 왔다

가장 먼저 부딪혀 중심을 잃을 때는

먹구름 드리우는 아버지라는 호명만큼

깨지고 굽어진 채로 몸을 높게 세웠다

접히며 살아온 날 부러지기 싫어서

목발에 힘을 실어 지탱하는 젖은 시간

오늘도 구름 붙들고 남은 발에 힘을 준다

NO끈

싫은 사람 엉켜 있어 속정을 끊어내면

아니다 하다가도 내 잘못이 먼저 풀려

죄 없는 머리카락만

쉽게 잘라 버린다

불편에게로路

편안대로大路 벗어나 불편에게로 갑니다

자동화된 도시에서 손발이 퇴화될 때

발밑은 물관을 따라 실뿌리를 뻗습니다

지칠 대로 지쳐가 풀 죽은 빌딩 숲은

낯선 대로 익숙한 대로 껍질만 남긴 채

별들의 보폭을 따라 좁은 길을 걷습니다

좋을 대로 움트는 불편을 모십니다

어두우면 꿈꾸는 대로 밝으면 웃는 대로

낮과 밤 시간을 일궈 내 모습을 찾습니다

계상정거도*

주머니를 수없이 옮겨 가는 도산서당

꼬깃꼬깃 접혀서 소나무가 꺾일 때

늘 푸른 천 원의 날들 소리 없이 숨는다

바위틈 파고드는 구직의 높은 뿌리

서화첩엔 아직도 낙천이 흐르는데

목마름 갈수록 깊어 새벽을 헤아린다

한 폭의 값어치를 함부로 다루다가

밤마다 구겨져 툭툭 털고 돌아오면

접혔던 명륜당 매화 내 앞에 피어난다

* 천 원권 지폐 뒷면의 산수화.

너무 멀리 왔소

북풍에 맞서기엔 그대들 답은 빈貧하오

무거운 충언의 힘 가볍게 들어 올려

다산의 반짝이는 별 화성에 쏟아지오

토성은 내려앉아 띠를 두른 축성들

심지 깊은 결기에 성벽이 키를 높이면

달무리 에워싼 행궁 드높이 지킨다오

효를 다해 읊조리니 성문은 열리고

망루에 걸린 깃발 눈물로 흔들릴 때

죽은 별 뒤주에 갇혀 우주를 떠돌았소

하늘에 닿은 섬김 누구도 넘지 못해

갈개발* 끝은 설어 사라지는 별똥 무리

태양은 어둠을 살려 지금도 빛난다오

* 권세 있는 집안에 붙어서 덩달아 세력을 부리는 사람을 이르는 말.

외동덤

등 뒤에 꼭 붙어 나란히 누워 있다
뱃속으로 다시 들어가
잠들고 싶었는데

어미의 품속인 듯해
파도 없이 잠이 든다

보육원에서 태어난 내 이름과 생년월일
그곳을 뛰쳐나와
풍파 속 유영할 때

기대고 싶어서일까
젖은 등을 내밀었다

피붙이 하나 없이 덤으로 끼워지면
풀어놓은 날들은

눈치만 싱싱했다

혼자서 등 떠밀려도
물결 따라 여기까지

뜸

노모와 아들이 식어가는 햇볕을 센다
아가야 밥물은 손가락 세 마디까지

쉰 아들 몸만 불리고
멈춰 있는 다섯 살

밥통에 걱정을 안쳐 처음으로 밥하는 날
취사 버튼 먼저일까 보온 버튼 먼저일까

머리를 갸웃거리니
먼발치는 한숨이다

김 빠지는 소리에 걱정은 뜸이 들어
눈앞에 뜨거운 웃음 골고루 퍼지면

하루해 지탱한 관절
쭉 뻗고 한술 뜬다

수繡많은 날들

바늘귀에 돋아나 모란이 피어났다
손끝 닿은 화단에 오래전 박힌 계절
봄 새운 수많은 시간 눈썹 밑이 깊어졌다

꽃으로 태어나서 피지도 못한 당신
저 홀로 찌르는 곳 아픔으로 만개하면
비단실 나비가 되어 마디마디 쓰다듬었다

촘촘하게 새긴 꽃잎 닮아가는 그 얼굴
열두 폭의 날들은 병풍 안에 그대론데
좁은 방 구순의 몸이 한 땀 한 땀 붉어졌다

고양이와 시소 타기

팽팽해진 간격은
고양이와 나 사이

익숙한 거리만큼 가깝고도 차가워

미련은 뒤돌아서서
높이만큼 남는다

경계가 사라질수록
돋아나는 간섭들

어깨 내준 사이는 마주 보고 부딪쳐도

좋은 게 좋은 거라며
발톱을 숨겨둔다

관심이 올라가면
미움은 내려오고

잡힐 듯 닿지 않는 꼬리가 가벼울 때

나란히 함께 선 하루
눈빛만 매달린다

와瓦꽃

백 년이 닿은 곳마다 지붕에 꽃이 핀다

아버지 등 나의 등 서로 기대앉으면

가풍을 견뎌낸 줄기
꼿꼿이 일어선다

숟가락에 얹은 밥은 오래된 씨앗일까

나이가 피는 동안 잇몸이 여문 당신

밑동을 지탱하다가
한 세기가 기운다

천둥 번개 다 받아내 사무친 골 자리

굽어진 등허리에 속절없이 번진다

걸어온 백수의 숨꽃
온 힘 다해 만개한다

외로움부*

눈빛에 굶주려 공복이 된 안부 인사

그럴수록 바깥은 그림자만 커지고

어둠을 과식한 날들
명치에 걸려 있다

웅크린 적막 속에 닫혀 있는 내 안의 창

나 아닌 또 다른 나 거울에 비출 때

무표정 먼지가 되어
바닥에 쌓여간다

1인 가족 길어져 공중에 뜬 눈동자

뒤로 숨은 쓸쓸한 손 모른 척 잡아주면

외로움 체온에 닿아
다가오는 따뜻한 집

* 영국에서는 외로움을 느끼는 사람들을 위해 2018년에 외로움부를
신설했다.

와류

물결이 눕고 싶어 제자리를 맴도는지
소용없는 날들처럼 파고드는 푸른 방

떠돌던 내 아버지도
수심이 깊어졌다

얼굴색이 흔들려 유속은 빨라지고
휘도는 시간 앞에 얇은 귀가 젖을 때는

부도를 돌려 막느라
방향을 잃어버렸다

순식간에 사라진 멀쩡했던 집 한 채
말없이 빨려 들어간 내 어릴 적 소용돌이

변명은 가벼워진 채
입만 둥둥 떠올랐다

퍼스트 펭귄

어제보다 더 깊은 발등을 쳐다본다
움츠린 눈빛들이 뒤꿈치를 세우면
파도가 먼저 달려와
아침을 뒤덮었다

하늘을 나는 것은 꿈에서나 있었던 일
젤 먼저 짧은 부리로 수평선 쪼아멜 때
겁 없는 아버지처럼
몸 세워 빛이 났다

사는 자리 지키려 새벽 별로 나섰다가
이룬 것 하나 없이 뒤뚱뒤뚱 돌아와도
굳은 발 물결로 남아
내일을 헤엄쳤다

빛나는 유산

무소식이 희소식 벨 소리에 놀라요

목소리 살피는데 다행히 안부 전화

큰애는 무급 휴가로 납작하게 쉬고요

작은애 뜬금없이 텃밭 가격 물어봐요

철마다 익어가 번갈아 보낸 택배

아무렴 충분하겠어요 웃자라는 도시 생활

콩 심은 데 콩 나니 물려줄 게 뭐 있나요

빈손으로 시작해 맨몸으로 일궜는데

남은 건 자식 농사뿐 걱정만 여물어요

2부

표정은 아무도 모르게
비린 맛을 완성한다

잘못 박히는 날들

못 끝낸 날이 쌓여 못난 것들 속에는

반성을 빼내지 못해 녹슬어 버린 잘못

그것도 제 자리라고 꿋꿋이 박혀 있다

후회가 단단해져 미래가 휘어질 때

못 이기는 자신을 높은 곳에 걸어둔다

뒤바뀐 바깥쪽 얼굴 못마땅해 삭은 표정

빈틈없이 지키려다 소리 없이 부서진다

아무도 알 수 없는 못된 속내 감추면

못 본 채 돌아선 벽은 보란 듯 가슴 내민다

대화

그 여자 정육점은
꽃집 건너에 있다

나눠진 부위가 묵묵히 꽃을 읽고
꽃들은 생살을 읽어
맞은편에 피고 진다

선홍빛 웃음으로 온종일 화답하면
또 다른 탄생은 손끝에서 피어나

꽃다운 아득한 나이
그램으로 올려진다

살아온 날들보다
베어진 날 선명해서

대답 없는 민얼굴 조화처럼 바뀌는 동안
독백은 유리창 너머
저절로 만개한다

급식체*

아가미가 자라기에 내 방은 딱 좋은 섬
서랍 속 마스카라 속눈썹을 부추기면
엄마는 지느러미 세워

공부해라 공부해

또래와 말 맞추는 치어들 소국에서
스마트폰 어항 속 톡톡 튀는 손가락
답 없는 미래 시험도

우리만 아는 꿀잼

꼬리 무는 오답들 책상을 헤엄쳐도
입가에 몰려다니는 교복 입은 은어 떼
표정은 아무도 모르게

비린 맛을 완성한다

* 청소년들 사이에서 사용되는 은어체.

격노당

자식 자랑 아니꼬워 귀를 막는 괴산댁
비 오는 날 선글라스 청개구리 양산댁
하루에 딱 한마디로 지랄 말라는 고성댁

툭하면 뒤집히는 백 원 내기 화투판
돋아나는 비아냥에 목청이 굵어지면
방 안은 큰소리 꽉 차 얼굴에 금이 간다

나이가 묵은 댁들 미운 네 살 되어가는지
오백 년 된 느티나무 경로당 끌어안고
어르고 달래가느라 잎이 다 지고 있다

왁스의 바른 생활

이력을 쌓는 동안 머리카락 휘날린다

한번 엉킨 꿈들은 풀어내기 어려워

왁스로 빛나는 머리 단단하게 고정한다

바른 생활 기둥에 나를 묶어 놓으면

겉모습에 갇혀서 진실은 달아나고

반항을 풀어놓을 때 머리는 번뜩인다

앞 못 보는 방 안에서 천 리를 내다보며

애야 말끝 내리고
주먹은 가슴에 둬라

온몸에 촉을 단 엄마 어둠을 밝혀준다

센 말을 골라 먹어 목소리는 무채색

억양이 꼬이기 전 왁스 한 번 더 바른다

목표는 자유로운 감옥 궁극에 와 닿는다

별돈별*

어젯밤 그루잠에
밭담 안 돼지들이

별 뜯어 먹는 소리 꿀꿀하게 들릴 때

그 안에 함께 갇혀서 돈독에 빠지는 꿈

과식하는 갈매기살
길몽이 되어가면

한라산 오를 만큼 잠꼬대로 날개 달까

속물로 채워진 별맛 유채꽃처럼 출렁인다

덜 익어 맛없는 돈
앞뒤로 뒤집는데

잠에서 깨어나는 바람의 욕심들이

구멍 난 돌담 사이로 재게재게** 빠져나간다

* 제주도의 흑돼지 식당.
** '빨리빨리'의 제주 방언.

전화가 온다

늦은 밤의 목소리
음 또 술을 마셨군

걸음보다 느려져 꼬부라진 말투는
지극히 길어지면서 맨정신엔 없는 노래

휘어지지 못해서
딱 부러지게 살다가

이어 붙인 시간이 한꺼번에 휘청거려
어쩌다 독주 몇 잔에 독무대가 되었군

허파에 바람 들어
빈틈이 생긴 걸까

내일이면 번아웃 될 인간적인 웃음들
이렇게 취하고 나면 귀 높이 같아지겠군

식감이 부드러운 거짓말

떫은맛이 변해서 솔직해진 바나나

물컹하게 익는 소리 어제보다 길어졌다 슈거 포인
트는 들키기 싫은 핵심 포인트 어두워져 있는 건 속
이기에 최적이다 움츠린 표정이나 곡선의 착함이나
모든 걸 포함하고 샛노랗게 바뀐다 얇아진 반대쪽은
침묵을 유지하고 사라진 떫은 날은 말맛을 길들인다
약점이 많이 생겨 한입에 꿀꺽 삼킨다 동그랗게 붙어
있는 허언의 송이들이 들키고 싶지 않아 껍질로 방
어한다 시간은 힘을 빼고 빠르게 미끄러져 솔직하게
익은 얼굴 거침없이 뭉개지는데 오래된 단맛에 넘어
가지 말기를 부드럽게 변한다고 믿지 말기를 이제

자백은 미끌미끌해 고백을 선호할 때

액자에 걸어놓은 키스

오래도록 벽에 붙어 퇴색하지 않는 키스*

뜨거운 눈빛들이 유리벽 속을 향해

입술을 맹세할 때는 무릎이 저려온다

완성된 사랑들은 벼랑 끝에 매달려

너밖에 없다는 말 새빨갛게 변해갈 때

서로는 이모티콘으로 키스를 날린다

할 말이 필요 없어 몸으로 말하는 말

언제부터 꺼내놓고 구경만 하는 걸까

다 식은 심장 하나가 액자에 걸려 있다

* 구스타프 클림트 그림.

물매를 잡다

빠져나갈 구멍 없어 솟아버린 도시에서

기울지 않기 위해 시간을 받쳐놓고

낮은 곳 흐르기 싫어 제자리를 지킨다

겨루다 썩어가는 눈치 빠른 속마음

섞이고 고여드는 날들까지 한데 뭉쳐

맴돌다 튀는 목소리 빌딩 속을 역류한다

속말의 무게만큼 넥타이 졸라매면

명치끝이 꽉 막혀 범람한 지난밤은

아무리 쓸어내어도 한쪽으로 쏠린다

공갈빵 데커레이션

완벽한 꿀맛처럼
거짓말을 만들어요

손발이 척척 맞아 농담을 반죽하면
말문이 막혀버려요
숙성된 속임수에

내가 나를 파먹어
목소리가 부풀어요

보고도 못 본 척해 부서지는 얇은 진실
언제쯤 맛있는 인사
단맛으로 커질까요

색색의 장식들이
머리 위에 붙어버려

하나씩 떼어 먹는 눈빛들이 움직여요
바르게 놓였던 접시
쨍그랑 부서져요

북극의 종자*들

메마를 때마다 단단해진 슬픔 한 톨
미래의 뿌리는 안으로만 뭉쳐 있어
바깥을 걸어 잠그고
어둠까지 잊는다

눈물도 사라진다 혼자 걷던 좁은 골목
심장이 빙하에서 녹지 않고 움직이면
내 안에 방주를 띄워
딴 세상 살고 싶다

종자 없는 놈 같다고 거들떠보지 않아
죽은 듯 살 수 있는 방법을 간직한다
속울음 종피에 감춰
다시 산다 이천 년 후

* 스발바르 국제종자저장고에 보관 중인 종자.

헌신이 될 때까지

열한 살이 되어도 업혀서 걸어가는

등굣길 하굣길은 새 신발 그대로다

땅 딛고 뛰어가는 꿈 점점 더 무거운데

작아진 새 신들마다 걸음마 연습이다

너를 위해 닳는 것은 웃음이 돋는 일

발 맞춰 흥얼거릴 때 등 뒤는 환해진다

씩씩해져 해진 날 최선으로 꿰매면

허리춤 따라오는 허공에 찍힌 발자국

등에서 발이 커간다

오늘 꼭 맞는 하루

연어를 따라갈래요

이국의 언어들이 공중을 헤엄쳐요
맛있는 눈인사에 잠깐씩 뻐끔뻐끔
손에선 말이 자라고
입맛은 비릿해요

발짓을 동원하면 빨라지는 말결들
반짝이는 눈빛이 비늘을 닮아가
외면한 그 순간마다
어항 속에 갇혀요

한 곳을 빙빙 돌아 지도는 어지럽고
물맛까지 달라져 얼굴색 변할 때는
연어를 따라갈래요
나 태어난 곳으로

모차르트와 수제비

창문에 빗방울이
음표처럼 매달려요

쫄깃해진 귀에서
떨어지는 음악이

알맞게 우아해질 때
허기가 밀려와요

모차르트 카페에서
떠오르는 엄마 손맛

누구는 케이크 먹으며
악상을 떠올렸다는데

나는 왜 멀리 떠나와
수제비가 생각날까요

3부

서서히 변해갈수록
그 끝은 모두 詩다

사과나무 애드리브

꽃잎만 한 우박들 과수원에 쏟아진다

얇은 등을 흔들어 눈 코 입 날아갈 때

공손히 사과는커녕 햇볕 물고 숨는다

분홍빛 봄의 색깔 써준 대로 읽다가

잘못 읽은 꼭지에 연두 살이 붙으면

꽃샘은 바람을 키워 가지 끝을 흔든다

뿌리의 높은 얼굴 과육이 될 때까지

볼우물 자국마다 태연하게 웃는 상처

딱 한 번 외면했는데 내 몸엔 별이 가득

순

가시를 품어 분명
내성적일 것이다

엄하게 자라다가 말수가 준 엄나무

기다림 온몸을 뚫고 밖으로 향해 있다

순한 말을 틔우고
누구를 기다렸을까

외향은 거칠어도 내면은 촘촘한데

가까이 가지 말라고 먹구름이 내뱉은 말

순하다는 말보다
독하다는 뼈아픈 소리

첫, 하고 내민 싹 그것이 본마음이라

함부로 꺾어버리면 내가 나를 찌른다

울음의 색깔

1.
축사에서 들려오는 목이 쉰 울음소리
억지로 떼어놓은 새끼를 찾는 건지
귀머리 한참 젖는다
연유도 모르는 채

뭉툭한 울음 끝이 어둠을 밀어낸다
불러도 오지 않아 온밤이 하얘지면
오늘이 터져버리듯
어미젖은 퉁퉁 붇겠다

2.
건널목 사거리마다 아이 찾는 현수막
사례금 올려봐도 눈물값은 늘지 않아
사진은 활짝 웃는데
울고 있는 십여 년

3.
언어와 피부 색깔 이국에 뿌리내려
저 홀로 피고 지다 눈물 씨가 맺혔다
여물어 매일 틔는 말
엄마라는 한마디

절대 과자

조금만 힘을 줘도
툭 하고 부러지는

확신의 맛을 살린 가느다란 막대 과자

한입에 밀어 넣다가 강한 말에 걸린다

오해와 이해 사이
떨어진 부스러기

훅 하면 사라져도 단호한 신념 같아

뒤끝은 바탕에 남아 제맛을 고집한다

반복해 씹을수록
불신은 고소해져

한 귀로 흘리면 빈틈으로 빠져든다

팽팽한 서로를 향해 완벽해진 겉말들

욱

함부로 먹다 버려
소리만 남은 음료 캔
바닥을 뒹굴다 간밤에 평평해졌다

온전히 비우고 나면
내 모습도 저럴까

이쪽이 눌리면
저쪽이 튀어 올라
터질 듯한 반항이 빠져나갈 틈 찾을 때

얼굴은 찌그러지고
바퀴는 질주한다

머리에서 발끝 사이
별안간 터진 말들

어디쯤에서 나는 납작함을 이겨낼지

침묵은 나도 모르게
밟힐수록 날[刀]이 된다

김치가 詩다

생으로 버무려져 겉절이 같은 오늘
눈총에 꼭꼭 눌려 숨이 죽는 성실맨
날마다 시큼한 시어 입가에 스며든다

끓어오른 날들을 냉정하게 가라앉혀
깊은 맛 내보려고 첨가하는 침묵들
숙성된 붉은 마음속 미움도 맛이 든다

익어가는 어깨가 알맞게 지쳐간다
맵거나 싱거운 하루 겉돌아 식상해도
서서히 변해갈수록 그 끝은 모두 시다

곡우에 들다

쓴 말은 뱉어내고 단 말은 골라 먹어
앞날이 연해져서 웃자라기 좋은 날들
기회는 이때다 싶어
진창에 봄을 섞는다

물이 한창 올라서 가지 뻗는 내 앞길
겁 없이 소리 높여 바람 앞에 우쭐대면
초심은 물 건너가고
뿌리부터 썩어간다

바닥까지 드러나 흔들리는 본모습
서서히 말라가는 몸속의 씨눈들은
고개를 숙일 때마다
나를 뚫고 나온다

샐러드 바

기호1번 기호2 기호3 기호7번

시든 나라 살린다는 소리를 트럭에 얹고

바닥난 민심을 골라 맛있는 냄새 풍긴다

끼니마다 찾아다니는 공손이 손에 잡혀도

목 터지는 7의 연설은 제값을 할 수 있을까

공약을 편식한 내 귀 덤으로 살이 찐다

곳곳에 양념으로 내걸리는 현수막

골라 먹을 약속들은 샐러드 바 차림처럼

알면서 중독된 그 맛 그 나물에 그 밥인데

프랑켄슈타인의 성

최대한 일그러져야 새날이 밝는 걸까

정치를 꼭꼭 씹어 덩치는 불어나고

네 탓이 해부되는 곳 부릅뜬 날 늘어간다

아우성 무너져 내려 바닥에 밟히는 입

밟혀도 소리 없이 아픔만 질겨질 때

사방에 뻗은 다리는 잘려서 섬이 된다

민심의 이름으로 구명조끼 입고서

제일 먼저 탈출하는 이상한 저 사람들

어제를 이식하다가 버림받은 여의도

바다 귀

별들이 쪼아대는 귓속의 바다 속살
새벽을 깨고 나와 뿔을 세운 물결들

밀려온 바닷바람에
한쪽 귀가 늘어졌다

알을 낳은 파도가 이명으로 떠 있어
단잠까지 쫓아와 포말을 일으키면

현기증 내 귀에 쏟아져
휘청거리는 수평선

부리가 다 닳도록 아침은 시끄럽고
떠다니는 헛말과 아득한 참말들을

모조리 빨아들이는
귀의 바다 블랙홀

얼룩에도 뼈가 자라요

무늬를 키워가는 가장 연한 눈빛들

이질적인 감정이 낯선 곳에 도착하면

뼈 있는 오래된 시간 지워지지 않는다

납작하게 붙어살아 서지 못한 지난날

얇은 세상 속으로 빠져드는 순간에

더러운 누명을 쓰고 입과 귀를 닫는다

함부로 손을 타 쉽게 보인 순간마다

최대한 일그러지게 오점으로 남아서

새겨진 그림자 하나 그 자리에 세운다

말 무덤

내일은 밥그릇에 하얀 말을 담겠소

오늘은 국그릇에 검은 말을 담았소

흑과 백 숨죽여 놔도 살아서 뛰어가오

한순간에 흩어져 삼킬 수가 없었소

내 말 네 말 뒤엉켜 주변을 떠돌았소

매일 밤 말굽의 소리 바닥에 쏟아지오

하루에도 몇 번씩 말의 채찍 휘두르오

뒷발질에 차이면 거품 물고 달아나오

큰소리 한 끼니 안에 후회로 담겨 있소

외침은 날카로워 발 없이 도망가오

갈기 풀어 달리는 말고삐를 당겨보오

내 말[言]들 비수가 되어 내 그릇에 갇혔소

계영배의 자화상

내 몸속 어딘가에 뚫려 있는 구멍들

차오른 날 많아서 어깨가 으쓱할 때

바닥을 까맣게 잊고
빈 몸을 받아 든다

쉼 없이 채워지는 그 끝을 아직 몰라

한꺼번에 무너지는 수모를 겪을 적에

텅 빈 곳 다시 보인다
나를 비춘 내 모습

혼아

꼬리 세운 바람이 가지 끝에 앉았다
뜨거운 눈을 달고 귀를 여는 솔깃한 봄
혼아*는 입술을 빌려 못다 한 말 부풀린다

단단한 약속들로 눈동자는 커지는데
참다가 터지는 게 요즘은 다반사야
그렇게 눈감는 시간 얼마나 필요할까

색깔을 기억하는 이마에 새긴 꽃잎
시작이 반이라서 겨울눈 틔는 동안
싹마다 꾹 다문 방은 눈 감고도 환해졌다

* 꽃이 될 눈과 잎이 될 눈이 함께 있는 싹눈.

눈요기

화려한 변명 두 마리
어항에 풀어놓았다

구실을 증명하듯 입가는 반짝이고
물비늘 까닭도 없이 색깔을 바꿔 입는다

시계를 자주 보면
정확한 곳에 가 닿을까

언제나 빠져나가는 미끄러운 책임 공방
아무리 헤엄쳐 봐도 좁은 이유를 빙빙 돈다

귀 막은 지 오래여서
삿대질만 뻐끔거려

투명해진 네 탓은 거품을 토해낸다
비린내 떨어트리자 맛있게 받아먹는다

4부

녹여 먹는 생각은
어디부터 사람일까

동화적 도서관

조용을 뺀 놀이터에
미래가 될 미끄럼틀

한번 타고 내려가면 빨라지는 이 기분
흙 묻은 나의 독서량 잡을 게 너무 많다

잘했어요 꽂아놓고
안 돼요 빼서 놀 때

궁금해진 손가락 어제를 앞지르면
턱걸이 읽는 시간에 무릎은 시소를 탄다

실컷 다친 오늘은
미끄러지는 암기 연습

놀자와 활자 사이 요구하는 장난들
성장통 페이지마다 포스트잇 붙는다

압정은 착각이 필요해

내 머리를 누를 때
칭찬인 줄 알았어

우쭐대는 발끝이
파고드는 곳마다

단단한 웃음이 박혀 새엄마는 아팠지

장식을 몸처럼 달고
한동안 조용했어

창틈으로 파고든
관심을 꽂아두면

고정된 입술 근처에 송곳니가 자라났지

가끔은 거꾸로 서
기회를 엿보지만

슬리퍼 바닥에 밟혀
생각이 뭉개졌지

그 생각 툭 떨어질 때 친엄마 얼굴 빙그르르

하마가 먹는 시간은 맛있다

실패와 실수는
뼈아픈 맛이 있지

입마다 진흙탕 싸움 뒹구는 빌딩의 늪

시계는 멈추지 않아 벌써라는 표준어로

어느새 불쑥 나타나
내 앞을 달리는 하마

입 한번 크게 벌려 지친 하루 삼킬 때

계획된 시작과 끝은 순식간에 하마 뱃속

날것의 빠른 시간
때때로 주무르면

하고 싶은 일들은 입속에서 우물쭈물

돌아볼 겨를도 없이 몸만 큰 지금 여기

大놓고

거짓말을 대놓고 마음대로 해봐요
참말은 소소해져 스미는 땅속에서
大자로 뻗은 소문들 잔뿌리를 내려요

거침없이 손을 잡아 번져가는 촉수는
그 자리에 깊이 박혀 교란을 꿈꾸는데
날마다 향기가 꺾여 꽃잎은 변해가요

멋모른 줄기들은 달콤한 귀를 키워
토마토 잎사귀가 감자꽃을 만들 때
어디에 맺혀야 할지 밤낮을 안 가려요

뒤바뀐 자리에서 뻔뻔함을 매달아요
한 입으로 두말 마라 큰소리치지 마라
바람이 대놓고 한 말 모두 다 비켜 가요

별의 別意 별

서랍 속의 씨앗은 우주에서 숨어든 별
계절이 바뀌어도 아무렇지 않은 듯
접힌 채 그대로 앉아
어둠 속 나를 찾는다

뼛속으로 박히는 별의별 소리까지
내 안에 넣어놓고 닫으면 그만인데
입 밖을 맴도는 봄은
왜 움트지 않는가

환한 세상 열어줄 따뜻한 손 기다린다
외톨이 되어서도 맨몸으로 버틸 뿐
매일 밤 씨 있는 말들
솎아내며 사는 빛

짜장은 송이송이 피어

화분이 말라가는 시골 병원 앞 짜장면집
하나뿐인 식당에 시든 얼굴 모여들면

단무지 꼭 닮은 여자
앞치마에 꽃이 핀다

틀어 올린 머리에 바쁜 시간 꽂아놓고
면발을 풀어 헤쳐 달래주는 한 끼니

혼자서 지키는 식당
잠깐씩 꽃차례다

때늦은 점심을 먹고 때 이른 나이를 먹어
허겁지겁 피었다 지는 노랗게 들뜬 오후

절인 몸 의자에 기대
송이송이 졸고 있다

호기심은 개 천국이다

목줄이 짧은 개와 엄마는 친할까요
내 버킷 리스트 중 가출은 1순위인데
기회를 꽉 잡고 있어 뛰어갈 수 없어요

말없이 잡은 개는 사이좋은 송곳일까요
따끔거리는 이유를 뒤늦게 알았지만
맘대로 놓아준다고 착각하진 않아요

감추고 돌아서면 개 끈이 풀릴까요
다들 눈에 불을 켜고 심장을 엿볼 때는
호기심 들키지 않게 꼬리부터 잘라요

뭐든지 상상하면 개 양심에 찔릴까요
밤늦도록 책가방을 지우개로 지우면
가능성 백지상태라 우리 엄마 좋겠어요

사탕 뇌가 주렁주렁

손가락 끝에 붙은 달콤한 검색어들

녹여 먹는 생각은 어디부터 사람일까

목소리 귓속에 숨어 들키지 않는 표정

게임은 내가 하고 공부는 네가 하고

능숙한 말 바꾸기 알아서 척척 하면

그래도 우리 엄마는 알아채지 못할걸

노력은 젤리 같아 씹어 먹기 좋은 날

사탕으로 매달리는 가상의 육하원칙

모성은 인공지능을 공식으로 돌보는데

슬럼프

나이는 팽팽한데 웃음부터 늙어가
울고 싶지 않은데 속은 또 흐려져
바깥은 등만 보이고
불평은 길어진다

표정이 녹슬기 전 새것처럼 분주해
분리수거 반복돼도 수거되지 않은 나
진하게 화장을 한다
핑계가 낡아질 때

오래된 날 접힌 채 그림자로 밀려나
아무도 몰라보는 무대 밖의 엑스트라
바닥에 몸값을 달고
얼굴을 재고 있다

부캐* 속눈썹이 더 길다

오른 손금 믿어볼까
왼 손금 믿어볼까
오른쪽의 날들은 출세선이 선명해
끌려온 실패 앞에서 장지를 치켜든다

내 안에 나를 낳아
한 손에 쥐고 있어
손끝에서 나타나 손끝으로 사라질 때
깜빡인 속눈썹만큼 어둠이 길어진다

하루에도 몇 번씩
죽었다 깨어나면
용서라는 용서는 모두 다 불러 모아
없어진 내 몸을 향해 심장을 선물한다

한 입으로 두 개의 밤

말끔히 해치운다
네 개의 눈동자는 충혈된 눈빛으로
로그人 나는 누구야 번갈아 로그아웃

* 온라인 게임에서 사용되던 말로, 본캐릭터(본캐) 외에 추가로 만든
캐릭터를 의미하는 신조어.

관념종합선물세트

울음이 배어들어 짭조름한 시간 속에 새우깡 맛 눈
물은 아무 때나 옆에 있어 딱딱한 슬픔일수록 별맛
없이 손이 가지

짓무른 그리움이 젤리처럼 말랑할 때 첫사랑 담긴
추억 먼 곳부터 알아채 오늘은 끈적이는 날 아쉬워
쫄깃하지

나란히 붙어 있어 애정 어린 웨하스 한 입 물고 내
밀면 반쪽은 네가 먹어 고백은 부끄러운 것 모르는
척 손을 잡지

고독은 막대 사탕 살살 빨아 먹으면 작아지는 생각
이 점점 더 동그래져 아무런 반응도 없이 저 혼자 녹
아들지

떠난 사람 씹을 때는 목에 걸린 풍선껌 불다가 터
지는 이별 벽에 붙은 얼굴 하나 형체는 단맛을 잃지
흔하디흔한 관념처럼

동치미의 소설

그믐달 속에 빠져 겨울밤을 삭이면

명치끝에 걸린 불똥 칼바람에 식어간다

거울 속 덜 익은 얼굴 묵묵히 비칠 때

언제까지 숨 죽어야 깊은 맛 우러날까

생으로 누른 오늘 통째로 절여져도

제 속을 다잡지 못해 위로만 떠오른다

잠깐의 무른 생각 입동에 가라앉혀

살얼음 건너가는 서로의 얇은 시간

무표정 금이 갈수록 맑은 날 차오른다

일요일의 샐러리맨

엉덩이가 가벼워 일요일엔 거미가 된다
처마와 처마를 건너가는 투명한 집

하나쯤 갖고 싶을 때
꿈조차 사라진다

쉬는 날을 풀어내 하늘과 땅 이어봐도
목표는 공중으로 더 높이 올라간다

거미로 살아가는 나
이력에 매달린다

잡히고 먹히는 지친 숲에 독 오르면
월요일에 부릅뜬 눈 아침을 재촉할까

평일은 드래그라인*
흔들리는 휴일들

* 거미가 자기 몸을 낙하시킬 때 나오는 거미줄.

사물함의 요일들

숨고 싶은 요일은 당분간 저자세다

잠겨 있는 월요일 끝까지 참아보면

고정된 어둠 하나쯤
간결하게 일어선다

욱하는 화요일에 고개마저 풀어질 때

쓸모가 손에 잡혀 사무적인 얼굴들

한 바퀴 더 돌릴 때는
바깥의 꿈 헛돈다

수요일의 사물은 목요일까지 슬픈데

기울어진 금요일이 절반을 건너는 동안

아직도 맨 위 칸에 있는
사직서가 무사하다

굳게 닫힌 토요일엔 비밀이 가득해서

발설하는 입에는 두꺼운 문을 단다

두 다리 쭉 뻗고 자도
일요일에 넘어진다

링크의 성분

밑줄을 긁어 먹는데 새 이빨이 나왔다

비린 손 어두운 손 편식하지 않아서

진하게 건드릴 때는
손톱에 살이 찐다

오늘을 생략한 채로 미래로 옮겨 가면

가상의 얼굴들은 손끝에서 은밀해져

때 없이 닿기만 해도
웃음이 진해진다

나에게로 돌아오는 감정을 찾지 못해

맨몸으로 건너가 차가워진 목록들

눈 코 입 사라지는데
감촉만 살아 있다

5부

꿈은
반대라는데

수박을 고르는 남자

아무리 두드려봐도
그 속은 알 수 없어

그중에 제일 크고 짙은 색을 고르면

믿고 산 날들이 많아
눈이 먼저 붉어진다

단맛이 깊다는 말에
솔깃한 하루하루

그때마다 덜 익은 성공의 순간들이

내 맛도 네 맛도 아닌
상처로 조각났다

사국시대

삼국의 변방에서
칠백 년의 금빛 얼굴

낙동강에 흘러든다
소국의 이름들로

삼각주 에돌아 흘러 퇴적으로 쌓인 숨

핏속에는 지금도
굳센 결기 드높다

가얏고의 열두 호흡
면면히 스며들어

아버지 쟁기질마다 이천 년이 환하다

철인의 식술들은
기름지게 자라서

계통을 이어받아
어깨 넓힌 반파국

손금은 당신을 따라 가야국에 닿는다

밥은?

너무나 가까워서

싱겁게 물어보는 말

덤덤하게 데워지다

식어버린 감정들

때 없이 찬밥 된 얼굴

웃음으로 섞는다

하루치 불려놓고

끈끈하길 기다리는

생략된 관심처럼

속말에도 뜸이 들어

그냥 툭 내뱉어지다

아무 때나 푹 퍼지는

개불알꽃

머리 위에 쏟아져 봄비인 줄 알았어

내 앞에 바싹 붙어 다리 한쪽 드는데

어머나

망측스러워

내가 왜 거기 피었지

헬프미 셀프

알아서 척척 하던
쉰세대의 빠른 일과

스스로 하라는데 스스로 할 수 없어
자꾸만 뒤로 밀려나 어눌해진 셀프 앞

여기저기 눌러대도
짜증 한번 안 내는

친절한 불친절이 또박또박 버티고서
끝까지 시키는 대로 잔말 말고 하란다

먹고살자 하는 일에
도움도 네 맘대로

사람은 입을 닫고 반복되는 화면들
손맛은 검지 하나뿐 미덕은 타임캡슐

민들레 호칭

구두 신은 호칭은 홀씨보다 가볍다

아무 때나 쫓아와 입에 붙는 아줌마

그 자리 키운 아저씨 방향만 동여맨다

호명되는 얼굴마다 이력이 가벼워져

뜬구름 거느리는 이름 많은 씨앗들

허세에 얇아진 귀는 허풍으로 여문다

다단계 꽃밭에서 더불어 얻은 선생님

높은 곳에 갇혀서 아래를 바라본다

바닥에 새긴 발자국 훅 하면 날아가는

웃음 박제사

발라낸 웃음이 살아 있는 듯 그대로다

겨울의 빌딩 속에 야생은 비워지고

발자국 남기지 못해 멈춰 있는 죽음들

부패한 표정들이 얼었다 녹는 사이

썩지 않은 웃음 한 점 표본으로 태어나

한 마리 영혼의 그림자 바로 세워 놓는다

빈틈없이 채운 속 서서히 풀어질 때

생기가 도는 얼굴 제자리를 지킨다

복원된 일그러진 꿈 살빛으로 다시 온다

잠귀 요리사

어둠을 준비해요
잠귀가 밝아져요

맛없는 밤마다 설익은 시체가 되어
큰 입이 던지는 욕설 별똥으로 배설할 때

별 냄새 진동하겠죠
내게 관심 없겠죠

어젯밤이 얼얼해 낮잠을 청하는 귀
어금니 갈았었는지 오늘은 덜 씹혀요

흉몽을 믿어볼까요
꿈은 반대라는데

소문이 혀 내둘러 온몸의 귀를 자르면

가위는 긴 잠을 잘라 쪽잠에 붙여놔요

서류에 엎드리면
우는 거 같다고요?

천만에, 길몽들을 몰래 씹는 중이라
싱싱한 그놈의 트집 명치에 걸어놨죠

불효자는 쉽니다

자동으로 건너오는 손에 들린 목소리

아침은 드셨어요
몸은 어떠신가요

몇 마디 기다리는 날 목은 점점 길어져

살가운 짧은 인사 때만 되면 귀에 붙는다

잠깐의 귀엣말이 또박또박 사라져도

무소식 독거의 방에 온종일 떠다닌다

가상과 효도 사이
사람과 안부 사이

온기는 상해가고 외로움이 켜지면

아무도 돌보지 않아 관심은 타임아웃

몸 잔고

어제를 갚지 못해 빌려 쓴 하루 짧아
빈말은 쌓여가고 오늘은 줄어간다

엄마는
꼭 간다는 말
복리로 기억한다

한 시절 빠져나가 기다림이 지탱할 때
어쩌다 다녀가며 손 벌리는 염치들

언제쯤
철든 마음이
뼈마디를 채울까

계절마다 보내오는 먹거리는 꼿꼿한데
바닥난 몸 잔고는 퇴행으로 시든다

괜찮다
힘 있는 말 속에
당신은 텅 비었다

있어빌리티*

종이로 만든 별이 이름처럼 반짝인다

손쉽게 깨어지는 거울 속의 별 같은 나

뒷면을 붙이는 동안
배꼽에 금이 갔다

웃음이 터져 나와 다시 꿰맨 앞 단추

어제로 바뀐 얼굴 두 겹씩 바꿔 입고

불행을 감춰야 한다
굶주리는 발자국

그럴듯한 눈동자 밖으로 튀고 있어

쇼윈도 유리창 너머 말끝에 발각되면

호명된 얼굴 하나가
별 볼 일 없어진다

* 실상은 별거 없지만 남들에게 있어 보이게 하는 능력을 뜻하는 신
조어.

쌍룡역

잘라낸 산허리를 친친 감은 개나리
수많은 발자국이 레일 따라 피는 걸까

멈춰 선 화물칸마다
산 하나씩 숨어 있다

석회석이 스며든 당신의 어깨 뒤로
무너진 웃음들이 하천으로 흘러갈 때

실려 간 회색빛만큼
도시는 높아졌다

늘어진 고요 속에 백발이 되어가도
바람 맞는 간이역은 노랗게 들떠 있고

쌍룡은 긴 몸을 풀어
호시절을 감싼다

치마는 씩씩 바지는 펄럭

커다란 책가방 넘어질 듯 등에 메고

나팔바지 입은 아이 걸음마다 펄럭펄럭

바람도 뒤꽁무니를 떼쓰며 따라간다

터진 치마 사이로 파고드는 졸린 눈

안아달라 업어달라 치마 끝을 잡는 동안

스타일 구겨질까 봐 하이힐은 더 꼿꼿하다

꽃보다 예쁜 엄마 뒤꿈치가 완벽해

야단 한번 안 치고 빈틈없이 키워도

범벅 된 눈물 콧물은 엄마 치마에 쓰으윽

꼬투리

입 오므린 아버지는
발음도 아버지다

꼬인 말 풀어질 때 섣불리 다가가면
빌미는 감정에 잡혀
말꼬리 올라간다

오늘도 모춤해져
혀끝에 닿은 저녁

맴돌다 돌아오는 길 휘청거린 날에는
뒤축에 혼잣말 묻어
트집이 따라온다

수십 년 말단에 갇혀
조아리는 목소리

축 처진 어깨로 흘러 발밑에 잠긴다
꼬투리 받침이 없어
당신이 툭 떨어지는

결과지*

내 몸에 돋은 꽃눈 이듬해를 바라본다
겨울을 이겨내고 꽃 피려다 쇠락한 몸
준비된 줄기가 없어 새봄이 아득하다

늘어난 가지 사이로 파고드는 칼바람
악성으로 번지는 손에 잡힌 겨드랑눈
한쪽을 잘라버려도 꽃 피울 수 있을까

반값에 사놓았던 철 지난 꽃무늬 옷
옷걸이에 매달려 웃는 계절 기다린다
아직은 개화를 위해 견뎌야 할 헛가지

* 과실나무에서 꽃눈이 달려 이듬해에 꽃이 피고 열매를 맺는 가지.

불편의 발견

신상조 평론가

1

시조는 한국문학의 정화精華다. 시조를 쓰는 일이 누가
뭐라 해도 한국문학 정체성으로서의 정형성을 엄밀히,
온전히 유지하고 계승하는 일임을 주장하는 담론들은 결
코 레토릭이 아니다. 그런 의미에서 시조의 전반적인 예
술적 특징을 공시적으로 형상화함으로써 시조의 역사를
재구성하고, 작가 개인의 개별적이면서도 독특한 미적
성취를 도모함은 시조의 깊이와 폭을 엄정하게 유지하기
위한 일종의 의무이자 특권이라고 할 수 있다. 시조 작가
의 첫 번째 시조집을 대하는 우리가, 내용 전달보다는 예
술적 형식 및 표현에 일차로 관심을 두는 이유다.

2

『불편에게로』는 권선애의 첫 번째 시조집이다. 단시조를 지양하는 한편 착란의 언어와 중의적이고 중첩된 의미는 권선애 시조의 현대성을 담보하지만, 형식적인 면에서 작가는 정형의 미학을 한 치의 흔들림도 없이 지켜낸다. 또한 전통적 교훈의 전달과 현실 이해라는 측면에서 시조집의 주제는 '구속적이고 억압적인 현실'과 '소통의 단절'이라는 현대인의 비극성에 초점이 맞춰진다. 여기에 '거짓말'에 대한 혐오로 표출되는 시적 언어에 관한 시인의 자의식이 뒤따른다.

정서 표출을 기본으로 하는 서정 일반이 흔히 기억의 회로에 따라 추억을 반추하며 그리움이나 상실의 정서를 최대한 시적 언어로 표현하는 데 반해, 권선애의 시조는 과거를 이야기할 때조차도 현실을 지향하는 언어로 말한다. 시간의 무늬와 흔적으로 주름 잡히지 않은 시의 육체가 있을 수 없겠으나, 권선애 시의 주름은 깊이 내장된 '기억'의 흐름에 연연하지 않고 현재 의식의 지점을 가시화하며 펼쳐지고 확장된다. 때문에 그의 시는 무의식이나 욕망과 관련한 상상계와 멀고 의식 및 이성과 관계하는 상징계와 가깝다.

시인은 현실적 가치와 이데올로기라는 둥지에 안주하지도 않지만, 과거를 세속적 중력과 무관한 천상적 시원처럼 미화하는 일에도 관심이 없다. 현재의 시간과 지금 이 자리를 주목하는 그의 시는 주로 '내면 의식의 정화'에 기운다. 예컨대 관계에서 빚어지는 인간적 갈등을 주시하면서도 삶의 평온을 위해 자신의 욕구를 감내하는 모습은 '불편에게로'라는 제목이 이미 암시하는 바다. "무거운 나를 하나씩 꺼내놓는 시간/ 오늘은 조금 가벼워졌다// 불편해졌으므로"라는 '시인의 말'은 무엇이 불편해졌으므로 다른 무엇이 가벼워졌다는 말이기도 하다. 전자의 '무엇'과 후자의 '무엇'이 무엇이냐에 따라 이 말은 역설일 수도 역설이 아닌 진솔한 고백일 수도 있다. 함께 읽어볼 「불편에게로路」는 이 의문에 대한 대답의 실마리를 얻는 데 도움이 되는 표제작이다.

편안대로大路 벗어나 불편에게로 갑니다

자동화된 도시에서 손발이 퇴화될 때

발밑은 물관을 따라 실뿌리를 뻗습니다

지칠 대로 지쳐가 풀 죽은 빌딩 숲은

낮선 대로 익숙한 대로 껍질만 남긴 채

별들의 보폭을 따라 좁은 길을 걷습니다

좋을 대로 움트는 불편을 모십니다

어두우면 꿈꾸는 대로 밝으면 웃는 대로

낮과 밤 시간을 일궈 내 모습을 찾습니다
　　－「불편에게로路」 전문

　「불편에게로路」는 '로'를 길 또는 도로의 뜻을 더하는 접미사 '-로路'와 움직임의 방향이나 경로, 변화의 결과를 나타내는 격조사 '-로', 그리고 용언 뒤에서 방향이나 순서, 상태, 즉시 등의 의미로 사용되는 의존명사 '대로'로 구분하는 동음이의어를 활용한 언어유희가 특징이다. 보다시피 접미사 '-로'는 '편안대로大路와 불편에게로路'라는 두 도로를 대비시키는 역할을 맡는다. 이때 '불편에게로'에서의 '로'는 접미사 '-로路'나 격조사 '-로' 둘 다

적용이 가능하다. "지칠 대로 지쳐가 풀 죽은 빌딩 숲은"
이라는 둘째 수 초장은 '빌딩 숲에서는 풀이 죽고 지친다'
가 도치된 문장이다. 그러므로 정확하게는 '빌딩 숲, 편안
대로大路'에 대비되는 '좁은 길인 불편에게로路'가 문명의
부조리에 대한 시적 대응으로 존재하는 것이다.

불편에게로路란 도로를 선택함은 편안함에서 불편함
으로 방향을 움직이는 것에 해당한다. 화자에 따르면 낯
설면 "낯선 대로" 익숙하면 "익숙한 대로" 좁은 길을 걸으
면 불편이 움튼다. 화자는 조건을 가리지 않는 불편을 억
지로 감내하기보다 극진하게 모신다고 표현한다. 편안함
과 불편함이라는 상반된 경향을 화두로 내세워 '불편'이
야말로 추구해야 하는 삶의 형식임을 상정하는 것이다.
이 양분화된 분류가 좀 더 세분화된 자의식으로 수렴되
는 부분은 어두우면 꿈을 꾸고 밝으면 웃는다는 마지막
수 중장이다. '꿈'과 '웃음'으로 귀결되는 정신의 가치는
권선애의 시가 추구하는 궁극적인 지향점을 짐작할 수
있게 한다. 하지만 이는 이미 공론화된 화두 중심의 이분
법에서 관념적이고 선언적인 진술을 제시한다는 추상성
의 위험으로부터 자유롭지 못하다. 그런 점에서 다음 작
품은 동일한 주제에서의 성찰과 진정성을 중핵으로 하되
관용어를 활용한 제목과 구체성을 띤 시상의 전개가 인

식적 기법을 함축하는 수준 높은 차원을 보여준다.

　　빠져나갈 구멍 없어 솟아버린 도시에서

　　기울지 않기 위해 시간을 받쳐놓고

　　낮은 곳 흐르기 싫어 제자리를 지킨다

　　겨루다 썩어가는 눈치 빠른 속마음

　　섞이고 고여드는 날들까지 한데 뭉쳐

　　맴돌다 튀는 목소리 빌딩 속을 역류한다

　　속말의 무게만큼 넥타이 졸라매면

　　명치끝이 꽉 막혀 범람한 지난밤은

아무리 쓸어내어도 한쪽으로 쏠린다
　　－「물매를 잡다」 전문

‘물매를 잡다’는 주로 건축이나 토목 분야에서 사용하는 용어로, 물 빠짐을 좋게 하기 위해 바닥이나 지붕 등에 의도적으로 경사를 주는 작업을 일컫는다.

1수와 2수에서 화자는 ‘도시’가 표상하는 비교 경쟁 시스템에 갇혀 있는 자신을 자각하고 있다. 도시는 “빠져나갈 구멍”이 “없어”서 불가피하게 위로만 성장(‘솟아커린’)하는 곳이다. 소득과 지위에서 뒤처지지 않기 위한 자본주의 체제 내에서의 경쟁은 무자비할뿐더러 평생토록 끝나지 않고 지속적이다. “낮은 곳 흐르기 싫어 제자리를 지킨다”거나 “겨루다 썩어가는 눈치 빠른 속마음”이라는 고백은 화자가 뼈를 깎는 노력을 통해 소득과 지위를 지키려 안간힘을 쓰고 있음을 말해준다. “기울지 않기 위해 시간을 받쳐놓”는다는 표현은 현실적 성취의 몰입을 비유한 표현이다. 기운다는 건 경쟁에서 뒤처짐을 의미하고, 이를 막으려 “시간을 받쳐놓”음은 그가 매시간 기량을 다해 격전지의 병사처럼 싸워나간다는 뜻이다. 시간이라는 추상이 ‘받쳐놓다’란 서술로 구체화하고 있듯이, 구속과 억압의 강도 역시 “속말의 무게만큼 넥타이 졸라매”는 모습으로 생생하게 형상화된다.

제목인 ‘물매를 잡다’는 성장 쪽으로만 기우는 삶에 대한 저항 의지를 드러낸다. 화자는 기꺼이 불편을 감내함으로써 변화의 가능성을 기약한다. 그런즉 앞서 살펴본 「불편에게로路」는 「물매를 잡다」에서 드러난 화자의 갈등이 '꿈과 웃음'으로 마무리된 작품이라고 이해할 수 있다. 그러나 "아무리 쓸어내어도 한쪽으로 쏠린다"라는 고백에서 유추되듯, 쏠림은 외부에 있지 않고 내부에서 발생한다. '기울기'는 삶의 경험 안에 있지만 화자는 그것의 저항을 꿈꾸는 힘으로 끊임없이 반대쪽을 지향한다. '경사를 준다'는 제목의 진정한 의미는 왜곡된 기울기의 바로잡기일 터이다. 기울기를 기준으로 한 인력과 척력의 방향성이 시에 깊이감을 더한다. 이처럼 한 번에 읽히지 않고 문장을 다시 복기해 보게 만드는 중력은 권선애의 시조가 독자를 끌어들이는 힘이자 현실을 중심으로 돌 때의 시적 궤도를 짐작게 하는 성질이다.

   3

   불편을 감내함으로로써 기약하는 변화의 가능성은, 그러나 고통스럽게도 '언어' 앞에서 멈춰 선다. 『불편에게로』는 언어에 대한 비판과 자조로 가득 채워져 있는 듯하다. 언어에 대한 시인의 부정 의식은 크게 두 가지로 분류된다. '거짓말'로 표상되는 타자들의 언어가 화자에게 상처 주는 언어라면, "내 말[言]들 비수가 되어 내 그릇어 갇혔소"(「말 무덤」)란 고백에서의 '말'은 화자의 것이자 엄격한 자기 검열을 통과하지 못한 자책의 언어다.

부정적 언어는 "말끝"은 "내리고/ 주먹은 가슴에 둬라"(「왁스의 바른 생활」)라는 훈계가 지긋지긋한 반항기 가득한 청소년, 입만 열면 "자식 자랑"인 "괴산댁"과 "하루에 딱 한마디" 한다는 소리라야 "지랄 말라는" 욕설이 고작인 "고성댁"(「격노당」), "너밖에 없다는 말"이 어느새 "새빨"(「액자에 걸어놓은 키스」)간 거짓말이 되어버린 권태기의 연인, 정작 국가가 비상사태일 때면 "민심의 이름으로 구명조끼 입고서/ 제일 먼저 탈출하는 이상한"(「프랑켄슈타인의 성」) 인간들에 불과한, 그러면서도 선거철이면 "공약"을 남발하는 "그 나물에 그 밥"(「샐러드 바」)인 정치인들의 삶을 통해 육성으로 전해진다. 시인은 시대의 내상內傷과 외상外傷 그 징후를 타자들의 언어를 통해 목도한다. 이러한 맥락 속에서 「공갈빵 데커레이션」은 시적 언어와 관련한 시인의 비판 의식을, 그리고 「순」은 무의식을 드러내는 걸로 읽힌다.

완벽한 꿀맛처럼

거짓말을 만들어요

손발이 척척 맞아 농담을 반죽하면
말문이 막혀버려요
숙성된 속임수에

내가 나를 파먹어
목소리가 부풀어요

보고도 못 본 척해 부서지는 얇은 진실
언제쯤 맛있는 인사
단맛으로 커질까요
　－「공갈빵 데커레이션」 부분

가시를 품어 분명
내성적일 것이다

엄하게 자라다가 말수가 준 엄나무

기다림 온몸을 뚫고 밖으로 향해 있다

순한 말을 틔우고
누구를 기다렸을까

외향은 거칠어도 내면은 촘촘한데

가까이 가지 말라고 먹구름이 내뱉은 말

순하다는 말보다
독하다는 뼈아픈 소리

첫, 하고 내민 싹 그것이 본마음이라

함부로 꺾어버리면 내가 나를 찌른다
　　　　－「순」전문

　공갈빵은 꿀을 바른 안쪽이 부풀도록 화덕 등에 구워 만든 중국 과자다. 겉으로 보기엔 크지만, 속이 비어 있어 '공갈'을 친 것 같다는 의미로 붙여진 이름이다. 이 작품은 "반복해 씹을수록/ 불신은 고소해"진다거나 "팽팽한 서로를 향해 완벽해진 겉말들"이라는 「절대 과자」와 주제나 제재 면에서 상통한다. 농담으로 버무려진 거짓말이 공갈빵의 주재료이자 그럴듯한 데커레이션에 불과하듯이, 「절대 과자」에서는 진심과 거리가 먼 "겉말"들만으로 이루어진 대화가 오해도 이해도 아닌 말의 "부스러기"만 남길 따름이다. 그렇다면 진실하지 않은 대화를 부정하는 태도가 화자의 모럴인 걸까?

문제는 거짓말과 겉말, 공갈을 일삼는 데는 주체와 객체가 나뉘지 않는다는 점이다. 주지하다시피 화자는 '내가 나를 파먹어 목소리가 부풀어' 오른다고 고백한다. 담화의 주체들은 양쪽 다 진실로 말의 부스러기만 취하는 자들인 것이다. 하지만 화자는 "쓴 말은 뱉어내고 단 말은 골라 먹"(「곡우에 들다」)고 "갈기 풀어 달리는" 말의 "말고삐를 당"(「말 무덤」)김으로써 잘 발효된 언어가 시가 되기를 간절히 소원한다(「김치가 詩다」). 이로 보건대 부정적 언어를 사용하는 삶을 거부하는 능력을 통해 삶을 바로 이해하려는 노력이야말로 시와 시인의 진정한 모럴이다. 진실하지 않은 언어에 대한 부정은 또 다른 '나'가 되기를 꿈꾸는 자가 쓰려는 시에 관한 이야기다.

거짓말과 겉말, 공갈이 바깥을 향한 의식적 말이라면, 「순」에서 엄나무의 연약한 순에 빗대어진 말은 화자 속내의 무의식적인 진술이다. "엄하게 자라다가 말수가 준 엄나무"가 암시하듯, 화자의 말에 돋친 '가시'는 상처받고

자란 자가 자신을 보호하기 위해 전신에 두른 갑옷에 다름 아니다. 하지만 딱딱한 갑옷 속에서 그리움 가득한 순筍은 돋아나고, 그것의 원관념은 "순한 말"이다. "첫, 하고 내민 싹 그것이 본마음"인 것이다. 다시 말해 "독하다는 뼈아픈 소리"를 피하고 "순"한 말을 취하자는 간명한 제안이 시인의 본심이다. 그리고 그 제안을 건네는 반대편에 있는 사람도 바로 시인 자신이다.

4

그러므로 핵심은 언어라는 대상이 아니라 언어의 사용 방식이다. 거짓된 언어로 "식감이 부드러운" 시를 쓰지 않겠다는 다짐은 시인으로서의 자의식을 함의한다. 하지만 다짐으로 모든 문제가 해결되는 건 아니다. 선한 의지는 때로 '너'와의 갈등 속에서 쇠잔해지기도 한다.

웃음의 하류에서 등 먼저 보이는 건
조금씩 이동하는 엇박자의 눈빛 때문

서서히 돌아선 말들

저 혼자 깊어진다

표정 없는 빙하처럼 차갑게 굳은 사이
너와 나는 언제부터 금이 가고 있는지

침묵이 벼랑인 것을
까마득히 몰랐다

빈틈에 빠져들어 끊어지는 인연의 끈
처음의 그 자리는 발밑이 위태로워

가까이 다가갈수록
점점 더 멀어진다
　－「크레바스」 전문

　시집의 서시인 「크레바스」는 추상을 구체화한 관형격
이미지들을 파편적으로 나열한다. 화자와 대상의 관계
는 '웃음의 하류', '엇박자 눈빛', '표정 없는 빙하', '침묵
의 벼랑', '인연의 끈'을 통해 반복적으로 변주된다. 서서
히 부정적으로 변해가는 대상과의 관계를 형상화하는 하
나의 축이 이러하다면, 다른 하나의 축은 대상과의 심리

138

적 거리라는 일관된 초점을 기준으로, 유동하는 서술어의 병렬을 통해 마련된다. '이동하다', '돌아서다', '깊어지다', '금 가다', '빠져들다', '끊어지다', '위태롭다', '다가가다', '멀어지다'와 같은 서술어가 유기적으로 흘러가고 조직됨으로써 '크레바스'라는 위험한 몽타주가 완성되는 것이다.

점진적이고 점층적인 '불안'을 밀고 나아감으로써 완성된 '크레바스'는 관계의 새로운 가능성을 모색할 수 없는 절망적 상황을 상징하는 자연물이다. 여기에는 '서서히 돌아선 말들→침묵의 벼랑→위태로운 크레바스'라는 인과적 과정이 존재하고, 인과적 과정의 확인은 화자의 반성과 성찰을 의미한다. '침묵이 벼랑인 것을 까마득히 몰랐다'는 화자의 고백 역시 침묵의 외양 속에서 단절의 기미를 읽어내지 못한 것에 대한 자책에 가깝다. 자크 데리다는 『거짓말의 역사』에서 "아무에게도 해를 끼치지 않고 오히려 여기저기서 사람들을 기쁘게 해주고, 심지어 도움이 될 수 있는 상상의 이야기 같은 거짓말의 역사를 왜 말하지 않을까"를 궁금해한다. 「크레바스」의 화자와 대상이 침묵에 빠진 이유는 상대를 "기쁘게 해주고, 심지어 도움이 될 수 있는 상상의 이야기"를 꾸며내고 싶은 의욕이 상실되었기 때문이라고 할 수 있다. 혹은 "침묵은

나도 모르게/ 밟힐수록 날[끼]이" 되어 "별안간"(「욱」) 욱
하고 터져버리고 만다.

가까이 다가갈수록 점점 더 멀어진다는 마지막 진술은
어떤 방식으로든 서로에게 상처를 준다는 이중적 불가능
성을 암시한다. 소원해진 관계의 '말해진 것, 말하는 것,
말하기―원하는 것' 사이에는 마음의 다중성과 복잡성
이라는 그야말로 거대한 크레바스가 가로놓인다. 이러한
크레바스 앞에서 불편을 지향하는 마음은 먼저 자신에게
'모든-진실을-오로지-진실만을' 말하겠다는 암묵적 다
짐이다. 그러므로 권선애의 시에서 '불편해졌으므로 가
벼워졌다'란 고백은 역설이 아니라 전면적이고 단호한
솔직성, 사랑의 부채나 의무에서 비롯한 진실이다. 그 연
장선상에서 「식감이 부드러운 거짓말」을 읽어보자.

　　떫은맛이 변해서 솔직해진 바나나

　　물컹하게 익는 소리 어제보다 길어졌다 슈거 포인트는
들키기 싫은 핵심 포인트 어두워져 있는 건 속이기에 최
적이다 움츠린 표정이나 곡선의 착함이나 모든 걸 포함하
고 샛노랗게 바뀐다 얇아진 반대쪽은 침묵을 유지하고 사
라진 떫은 날은 말맛을 길들인다 약점이 많이 생겨 한입

에 꿀꺽 삼킨다 동그랗게 붙어 있는 허언의 송이들이 들키고 싶지 않아 껍질로 방어한다 시간은 힘을 빼고 빠르게 미끄러져 솔직하게 익은 얼굴 거침없이 뭉개지는데 오래된 단맛에 넘어가지 말기를 부드럽게 변한다고 믿지 말기를 이제

자백은 미끌미끌해 고백을 선호할 때
　─「식감이 부드러운 거짓말」전문

　시에서의 잘 익은 '바나나'는 '거짓말'의 보조관념이다. "떫은맛이 변"해서 "식감이 부드러운 거짓말"이 되었기 때문이다. 하지만 "떫은맛이 변해서 솔직해진"이라는 초장과 제목의 '거짓말'은 퍼즐처럼 딱 맞아떨어지지 않고 묘하게 어긋난다. 솔직한 거짓말은 있을 수 없거니와, 솔직한 말은 식감이 부드럽지도 않기 때문이다.

　화자의 입에서 떠난 말의 소유권은 청자에게 있다. '식감'은 음식을 즐기는 자의 것이므로, 부드러운 식감은 듣는 이의 몫이다. 솔직하지 않은 말일수록 청자에게는 달콤하고 부드러운 식감('듣기')을 동반할 터이다. 그러므로 "떫은맛이 변해서 솔직해진" 말과 "솔직하게 익은 얼굴 거침없이 뭉개지는" 현상 사이에는 '자백'과 '고백'의

차이를 규명해야만 명백해지는 의미가 중첩되어 있다. 떫은맛의 바나나가 익어서 한입에 꿀꺽 삼킬 정도로 달고 물컹해진다. 시인은 이것이 "말맛을 길들"여 얼핏 봐서는 솔직하게 여겨지는('식감이 부드러운') 거짓말('자백')로 나아가는 과정에 불과하다고 이야기한다. 떫은맛이 변해서 솔직해진 언어가 자백이라면, 화자의 자백을 거침없이 뭉개며—달콤한 거짓말이나 진실과 거리가 먼 '자백'에 현혹되지 않으려—청자는 더 높은 윤리적 차원의 '고백'을 요구하는 것이다.

중장의 "물컹하게 익는 소리"는 언어의 관습을 위반하고 심상을 교란하는 착란의 어법이다. '물컹하다'는 촉각에 해당하는 단어이지만 그것은 일차 '소리'로 전환된 후 "솔직하게 익은 얼굴"인 시각으로 빠르게 미끄러진다. 이처럼 사물들의 감각을 해체하는 방식은 그의 시가 조화로운 언어의 배치로 간결성 속에서 의미를 내포하는 고전적 정형의 미학에서 멀어졌다는 인상을 준다. 그리고 이는 권선애의 시조가 환유의 방식에 능하다는 표징이다.

물리적 시간에 따른 인과적 과정에 의미를 중첩시키는 기법은 권선애의 시조가 선호하는 방식이다. 사설시조 본래의 특징인 과장과 나열, 반복과 변주의 기법을 활용한 중장의 전개는 초장의 "떫은맛이 변해서 솔직해진 바나나"에 "자백은 미끌미끌해 고백을 선호할 때"라는 종장으로 맞서기 위함이다. 길어지다, 얇아지다, 바뀌다, 길들이다, 삼키다, 방어하다, 힘을 빼다, 미끄러지다, 뭉개지다 등으로 진행되는 다양한 서술은 전통 서정의 어법에서는 찾아보기 힘든 동적인 면모를 유감없이 드러낸다. 입체적 구도와 생동하는 서술 기법이야말로 권선애 시조의 인식이 형상화되어 가는 과정을 세밀하고 역동적으로 보여주는 대목이다.

변주되고 되풀이되는 시적 방법론을 통해 확인되듯, 권선애의 문장은 촘촘하고도 치밀하다. 여기에 흩기찬 착란의 어법과 중첩되는 의미의 교란이 더해진다. 그의 시조가 가진 현대성의 일단一端이다.

5

문학이 동시대의 독자들에게 실제적인 작용력을 발휘해야 한다는 상호 관계성에 있어서 시조는 자유롭지 못하다. 한국문학의 정화를 계승한다는 자부심의 충족이 문학 외적인 요구라면, 무엇을 노래하고 어떻게 도현하느냐의 문제는 작가에게는 절실한 문학 내적인 요구에 해당한다.

　권선애의 시조는 정서적 체험의 표현을 창작의 주된 목적으로 두는 한편, 단일한 의미로 환원되지 않는 의미의 중첩성, 역동적인 심상 등에 의한 표현의 묘를 추구함으로써 상호 관계성이라는 문학 외적 요소와 상보적인 관계를 꾀한다. 무엇보다 그의 정형 미학은 믿음직스럽다. 나름의 세련된 양상을 확보한 단시조를 지양하면서도 감성과 정신의 조화 균형을 통해 전아하고 순화된 정서적 체험을 제공함은 그 정형성의 균일함에 있다. 두 번째 시집은 흔히 첫 번째 시집의 반향에 의해 성립되기 마련이나, 그 걸음이 환대받을 것임을 믿어 의심치 않는 이유가 이러하다.